W9-AGO-225

Potón el gato no quiere pato

A mis amigos Ibai, Marina y Leire

Editorial Bambú es un sello
de Editorial Casals, S. A.

© 1989 Paco Climent para el texto
© 2012 Carla Besora para las ilustraciones
© 2012 Editorial Casals, S. A.
Tel.: 902 107 007
www.editorialbambu.com
www.bambulector.com

Diseño de la colección: Miquel Puig

Décima edición: septiembre de 2012
Primera edición en Editorial Bambú
ISBN: 978-84-8343-212-9
Depósito legal: B-12973-2012
Printed in Spain
Impreso en Índice, S. L.
Fluvià, 81-87 08019 Barcelona

Cualquier forma de reproducción, distribución, comunicación pública o transformación de esta obra solo puede ser realizada con la autorización de sus titulares, salvo excepción prevista por la ley. Diríjase a CEDRO (Centro Español de Derechos Reprográficos, www.cedro.org) si necesita fotocopiar o escanear algún fragmento de esta obra (www.conlicencia.com; 91 702 19 70 / 93 272 04 45).

POTÓN EL GATO NO QUIERE PATO

Paco Climent
texto

Carla Besora
ilustraciones

EDITORIAL

Presentación

Para comprender esta historia debes conocer bien a su principal personaje: el gato Potón.

Potón es un gato callejero. Es decir, que no vive dentro de una casa y que, por tanto, no tiene amo. Es libre e independiente y está orgulloso de serlo.

Potón es un gato despreocupado, bastante cascarrabias, simpático cuando quiere y poco amigo de los demás gatos y animales, que ven en él a una especie de rey de los tejados, al que temen más que quieren.

A propósito de tejados, ¿te apetece conocer su casa?

Como ves, aprovecha la pared de una chimenea para tener calorcito en invierno. Su casa está decorada con carteles y fotografías de gatos famosos de los que sabe todas sus películas y aventuras.

jardín de Potón

En fin, ahora que ya conoces a Potón, vamos a empezar de una vez con esta historia.

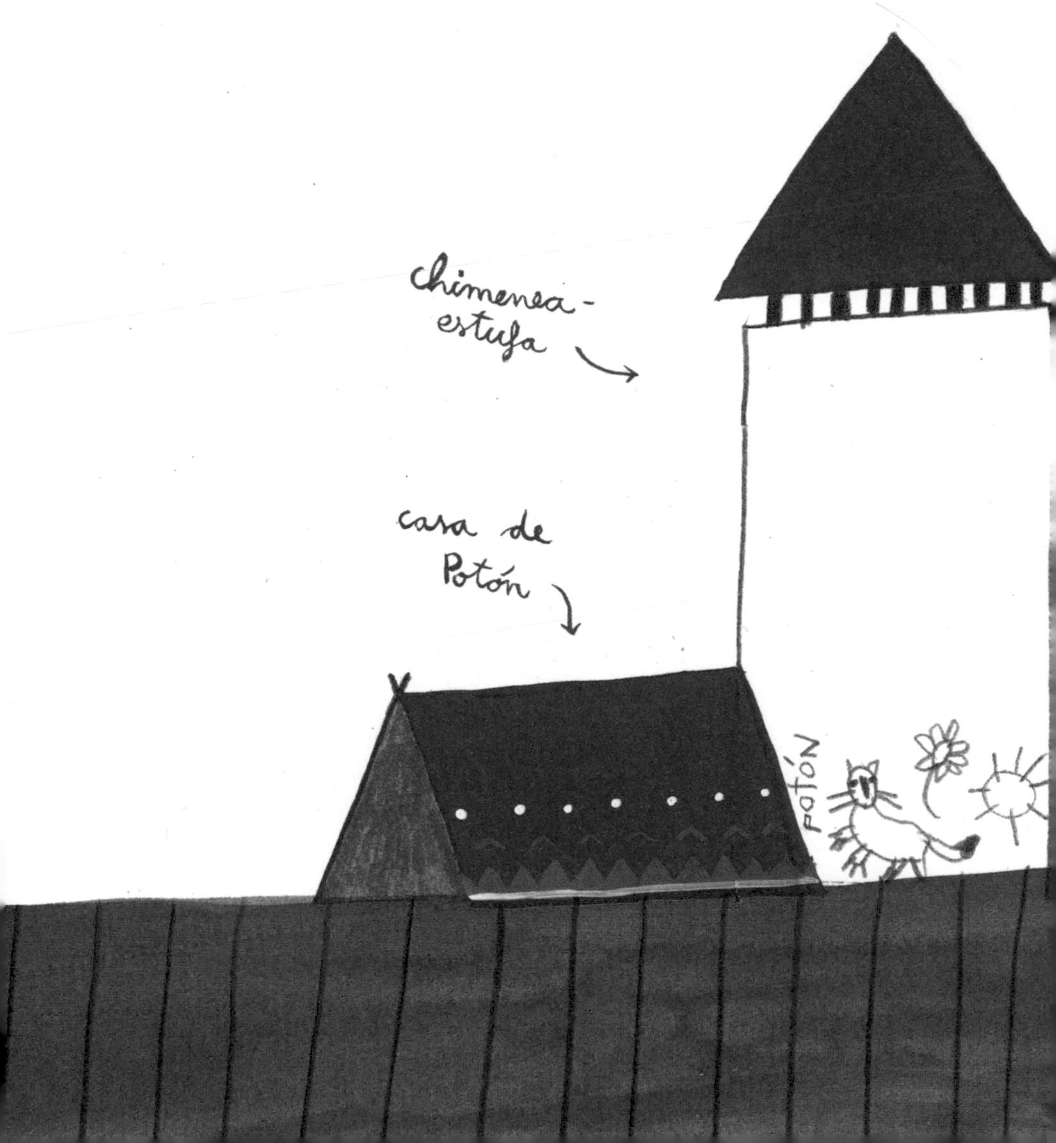

1. Una siesta complicada

Un día, rebuscando por los cubos de basura, nuestro amigo Potón tuvo la suerte de encontrar unas sobras exquisitas con las que se dio la gran comilona. Este fue el banquete de Potón:

Primer plato: Patatas cocidas con hueso relleno (hubo suerte de que nadie lo vaciara).

Segundo plato: Maravillosas raspas de merluza.

Tercer plato: Macedonia de mondas de frutas variadas.

Cuarto plato: Cinco granitos de café para chupar a modo de ricos caramelos.

Después de tan suculenta comida, Potón sintió unas enormes ganas de dormir. Además, necesitaba un trago de agua para ahogar los calores que lanzaba su repleto estómago.

Así que, pesadamente, se encaminó hacia la laguna que está a las afueras del pueblo. Es un lugar de aguas poco profundas y con una gran variedad de flores y plantas, donde viven muy a gusto familias de patos de todos los colores.

Potón estuvo cuatro minutos bebiendo de aquellas aguas y luego se tumbó a dormir a la sombra de unos arbustos.

Se acomodó, se hizo un ovillo como solo los gatos saben hacerlo, y, tapándose los ojos con el rabo para que no le entrara el más pequeño rayo de sol, se dispuso a dormir la gran siesta.

Nadie se atrevió a molestarle mientras dormía, pues has de saber que cuando Potón ronca parece un tigre y... ¡quién es el guapo que despierta a un tigre!

Lo que no te he contado es que, sin darse cuenta, Potón se había acostado encima de un huevo de pato.

El habitante del huevo, al oír tan grandes ronquidos, pensó que era la señal de la mamá pata para romper la cáscara y salir afuera.

El caso es que, como además de los ronquidos, le llegaba un calorcito que creía era de mamá pata (y que en realidad era del dormido

Potón), no lo dudó más, y con el pico comenzó el primer trabajo en la vida de un pato: ¡La operación CASCACÁSCARA!

A todo esto, Potón seguía en el mejor de los sueños, sin enterarse de la maravilla que había ocurrido a su lado: nada más y nada menos que el nacimiento de un nuevo ser.

Y atención que ahora viene el meollo, el nudo, el embrollo, el alma, el intríngulis, el enredo, en fin, de este cuento. No te vayas a meter el dedo en la nariz y te distraigas.

El caso es (y esto lo han demostrado los sabios) que cuando un pato sale del huevo toma como madre al primer ser u objeto que perciben sus aún torpes sentidos. Bueno, pues el patito pensó que aquel ser peludo y ruidoso que se encontraba a su lado era su madre, y se dispuso a saludarle como debe hacer todo hijo bien educado.

Sigamos. En uno de esos saltitos el recién nacido dio en los bigotes supersensibles de Potón, que abrió un ojo para enterarse de quién le había molestado.

El patito dedicó a Potón la mejor de sus sonrisas; pero, al gato, aquel pico rojo sonriente no le hizo ninguna gracia y lo apartó de su lado. El patito, por su parte, creyó que se trataba de una especie de caricia de la que pensaba que era su madre, y continuó alegremente con sus cabriolas.

Molesto de verdad, Potón se lo quitó de encima con un nuevo empujón.

Y ahora ha llegado el momento de decirte una cosa que no te va a gustar escucharla, pero siempre se deben decir las verdades, aunque duelan:

Si Potón no hubiera estado tan harto, debido al banquete, hubiera cazado al patito.

Lo que oyes.

No sé si sabes que los gatos, aparte de ese plato de leche que sale en todas las fotos con gato, comen de todo y son especialistas en la caza de ratones y pájaros. Y Potón, que es un gato como los demás, normalmente no hubiera despreciado tan fácil presa. Pero estaba harto, no quería ni oír hablar de comida, y eso salvó la vida al recién nacido.

En vista de que el patito quería jugar con él, Potón decidió seguir la siesta en otro lugar. Pero no le iba a ser fácil.

Pesadamente, debido a su tripa llena, Potón se alejó del lago.

El patito, que por momentos ganaba fuerza en sus patas, se fue detrás.

–Bicho, ¡déjame en paz! –le gritó Potón.

El patito le sonrió y le lanzó su primer y más amoroso cuá-cuá.

Desesperado, el gato apresuró el paso y se metió por entre las primeras casas del pueblo. Pensaba:

–Por estas calles no podrá encontrarme…

Potón se enfadó muchísimo, y la verdad es que estuvo a punto de cazarlo. Pero lo vio tan flaco y lleno de plumas, feas y pringosas, que no se lo imaginó como bocado. Y escapó de nuevo mientras murmuraba:

–En el bosque seguro que no me encontrará. Me subiré a un árbol y le despistaré. Je, je…

Je, je era la risa que le daba a Potón al pensar que, por fin, burlaría al «pesado» patito.

Se marchó al bosque.

Y el patito detrás.

El gato, ágil a pesar de la comilona, se escondió en la copa de un árbol en lo más espeso del bosque.

El patito, que ya empezaba a saber usar las alas, pensó que su mamá era muy divertida y que le encantaba jugar al escondite; y se puso a buscarle otra vez.

Y sin dejar de piar de contento, el pato voló de abeto en abeto, de castaño en castaño y, cuando empezaba a preocuparse por no hallar a Potón, le llamó la atención algo que colgaba de la copa de un roble.

Nuestro amigo el pato no dudó un momento. Planeó y planeó hasta el árbol, y, tras un corto vuelo, se posó en la rama que sostenía al gato, que con las prisas se había olvidado de esconder su cola.

Potón, cansado, desesperado, fastidiado, aburrido, asfixiado, rendido, derrotado y muchas cosas más, decidió marcharse a casa y si el «bicho» quería seguirle, pues que le siguiera.

¡Qué se le iba a hacer!

Se encaminó hacia su tejado, y trepó al refugio. Una vez en su cuarto se tumbó en el almohadón a descansar. Se quedó mirando la

ventana. ¿Sería capaz aquel maldito pato de llegar hasta allí?

Pasó un minuto y no apareció. Dos minutos. Cuatro. Cuatro y medio.

¡Zas! Una sudorosa y sonriente cabecita terminada en un pico rojo quedó enmarcada en la ventana.

–¡Me rindo! –gritó Potón, tirándose con desesperación de las orejas.

Y se levantó para indicarle al patito cuál sería su sitio de comer y dormir.

Como el único alimento que tenía en casa era el consabido plato de leche, se lo ofreció a su «invitado» con un gesto.

Y mientras el patito bebía, se le ocurrió lo siguiente:

–A lo mejor no ha sido tan malo este encuentro. El invierno se acerca y escasea el alimento. Puedo tener a este bicho en casa durante unas semanas, cebarlo para que se ponga gordito y entonces, pues, ¡zas!

Interrumpo aquí el cuento para salir en defensa de Potón. Seguro que cuando te has enterado de sus planes respecto al patito habrás pensado:

–¡Qué malvado es este Potón!

Pues no, señor o señora. Quizá sea el momento de recordarte que los gatos están en este mundo para comer, dormir, jugar y ser padres de otros gatos que se dediquen, así mismo, a comer, dormir y jugar. Y esto, por los siglos de los siglos, es el papel que la Naturaleza ha reservado a los gatos.

Por tanto, Potón, que es gato y además callejero (es decir, que nadie se cuida de alimentarlo), no tiene más remedio que pensar en la comida de cada día. Además, ¿no hacemos lo mismo los humanos con nuestros animales de granja?

Así que sus planes hacia el patito, no hay que calificarlos como malvados. Son, como mucho, unos planes gatunos. Pero no nos despistemos del cuento con estas cosas.

Potón, más tranquilo, puesto que ya sabía qué hacer con aquel inoportuno visitante, pensó que tendría que llamarlo por algún nombre. Estuvo un rato mirándole fijamente, observando sus más mínimos detalles.

–Lo más personal es tu pico. ¿Pico Rojo? Es un precioso nombre. Pero no te va nada. Todo el mundo pensaría en un gran jefe indio, y tú en realidad eres un bicho enano. ¿Enano? Bien, creo que ya tengo tu nombre. Te llamarás Nano. Es un nombre precioso y elegante, ¿no te parece, Nano?

Y por primera vez en lo que va de cuento, nuestro amigo Potón sonrió al patito.

Y este, feliz al ver que por fin su «mamá» reía, quiso hacer una gracia, y como había oído que Potón decía «miau» a todas horas, intentó imitarle con su lengua de bebé pato:

–Cuau, cuau, cuau...

A Potón le cayó bien, y los dos rieron a grandes carcajadas, que salieron volando por encima de los tejados hasta llegar a oídos de los habitantes de las alturas. Y todos los animales comentaron:

–Qué raro. Potón está contento. Hacía años que no se reía…

2. La pelea

Comienza la segunda parte. Si te cansó la primera, puedes dejar esta para mañana. Pero si te interesa saber cómo va a terminar la extraña amistad entre Potón y el pato Nano, debes continuar con la lectura.

La verdad es que las cosas marchaban bien en la casa del tejado.

Nano aprendió pronto a hablar y a volar, con lo que Potón le utilizaba para hacer los recados y subir la comida a casa. Así, no tenía que moverse y pasaba muchas horas durmiendo, que es el deporte que más le gustaba practicar.

Además, había llegado el invierno y a nuestro amigo no le gustaba el frío. Prefería quedarse en su rincón, pegadito a la pared de la chimenea, y no andar por las calles heladas.

También has de saber que, aunque Potón nunca lo diría (pues le gustaba parecer orgulloso e independiente), se encontraba muy a gusto con la compañía de Nano. Había olvidado por completo sus antiguos y «gatunos» planes hacia el patito. Miraba a su amigo y le parecía imposible que alguna vez le hubiera deseado algún mal.

Lo peor que llevaba Potón era la locura de Nano por el agua. A todas horas le gustaba estar en remojo. En cambio, al gato le espantaba el agua. Sólo le gustaba para beber; pero bañarse en ella, ¡qué horror!

Aún así, Potón, que era en el fondo un blando, acompañaba a Nano a jugar en las aguas del lago. Y con santa paciencia se dejaba salpicar por el pato, al que hacían mucha gracia los sustos de su amigo cuando le caían las gotas en las orejas.

Una mañana de invierno, Nano se enteró de que el lago había amanecido helado, y quiso ir a patinar. Pero ir solo era muy aburrido.

–No quiero –le respondía Potón a sus continuas invitaciones–. Déjame en paz, que hace mucho frío.

Pero tanto insistió Nano que el gato no tuvo más remedio que abrigarse y acompañarle al lago.

¡Qué jaleo había allí!

Todos los niños del pueblo estaban disfrutando de una maravillosa mañana de patinaje.

Muchos se habían llevado a sus mascotas y podía verse patinando, o dándose trompazos, a toda clase de perros, gatos, conejos y ratones. Una niña se llevó una tortuga, pero no hubo manera de hacerla patinar.

Potón y Nano buscaron un rincón tranquilo, y el pato comenzó a deslizarse por el hielo sin necesidad de calzarse unos patines. Y lo hacía muy bien. Por algo tenía esas patas tan especiales y era un pato. Y patas, pato, patines y patinar son todo palabras de la misma familia «patosa». ¿O no?

–Ven, Potón, que el hielo es suave y es muy fácil patinar –le gritaba a su amigo.

–Ni hablar. Eso que tú llamas hielo es agua dura. Y yo no quiero saber nada del agua.

Y así siguió la cosa. Nano patinando cada vez mejor y Potón con más cara de aburrimiento según iba transcurriendo el tiempo.

En uno de sus saltos, Nano fue a dar con el hocico de una preciosa gata que patinaba de la mano de su dueño, un muchacho presumido y caprichoso.

Era una gata de raza persa, de movimientos elegantes, cepillada y muy mimada. Por eso le enfureció que un insignificante pato le hubiera golpeado.

Su dueño también se molestó:

–¡Estúpido pato! Dale una lección, Zarina…

Y Zarina se lanzó sobre el pobre Nano.

El primer zarpazo fue terrorífico, aunque el pato pudo esquivarlo. Nano intentó volar, pero la bufanda que llevaba para protegerse del frío le impedía mover las alas.

Zarina estudió un nuevo ataque. Por el cuidado en prepararse ahora no fallaría, seguro.

Nano, viéndose perdido, gritó:

–¡Potón! ¡Potón! ¡Aquí...!

Nuestro amigo parecía dormir en la orilla. Por un momento aparentó no escuchar los gritos de socorro de su amigo.

Pero Potón, gato callejero al fin y al cabo y, por tanto, siempre pronto a actuar, enfiló las orejas hacia donde le llegaba el habla familiar de Nano y, de una simple ojeada, se hizo cargo de la situación.

De un fantástico salto cayó entre el pato y la enfurecida Zarina. Los dos felinos se estudiaron de una mirada, encorvaron el espinazo, afilaron las uñas contra el hielo y se dispusieron a pelear. Sus maullidos, terroríficos, llenaron de espanto a todos.

No sé si has visto alguna vez reñir a dos gatos. Es un espectáculo impresionante, que le pone a uno los pelos de punta. Por eso no te voy a contar la lucha entre Potón y Zarina. Prefiero que veas solo la película de los hechos, sin sonido.

Nuestro amigo Potón, más acostumbrado a las peleas callejeras, puso en fuga a Zarina. Pero cuando se acercó a la orilla, iba dejando tras sí un reguero de sangre.

Nano acudió lleno de agradecimiento a socorrer a su amigo, que tendido en la orilla lamía sus numerosas heridas. Pero el patito se quedó de piedra cuando el gato, con mirada dura y voz hiriente, le gritó:

–¡Estoy harto de ti y de tus líos! ¡Ya no quiero saber nada de ti, pato chiflado! ¡Desde que

te conozco todo son problemas. Así que... vete para siempre! Y entérate de una vez: ¡YO NO SOY TU MADRE! ¡Yo soy un gato y tú un estúpido pato! De manera que si quieres que alguien cuide de ti, busca una pata que te haga caso. Estoy harto... ¡Vete de una vez!

Como comprenderás, nuestro amigo Nano recibió la mayor decepción de su vida. No supo qué contestar. No existen palabras para explicar la pena tan honda que sentía.

Y ocultándose detrás de la maleza lloró como nunca lo había hecho.

Mientras tanto, un perro San Bernardo del servicio de la Cruz Roja había escuchado los maullidos de los combatientes y ahora ofrecía su experta ayuda al gato. Potón estaba tan magullado que se dejó transportar por el San Bernardo hasta llegar al edificio donde tenía su refugio.

Una vez allí, agradeció al perro sus servicios y, a duras penas, trepó hasta su casa.

¡Qué alivio cuando sintió el suave almohadón! Tenía un sueño terrible. En realidad, era la debilidad causada por la pérdida de sangre. Y a los pocos segundos, nuestro amigo Potón quedó sin sentido.

Pasaron unas horas, y cuando el gato abrió lentamente los ojos, se encontró mucho mejor. Las heridas y los golpes apenas los notaba.

Se desperezó. Estiró las patas y se encontró con que las llevaba cuidadosamente vendadas. Buscó un espejo y vio que tenía todas las moraduras cubiertas de esparadrapos.

–¿Quién habrá sido el buen animal que me cuidó mientras dormía? –se preguntó Potón.

Y la verdad, como por su carácter gruñón y egoísta no tenía amigos, llegó a la conclusión de que era el San Bernardo de la Cruz Roja el que le había auxiliado. Y muy bien, ciertamente. Y no solo se había cuidado de su salud. En un plato encontró leche fresca y en otro, un buen trozo de pescadito hervido.

–Sí señor –se dijo–; estos de la Cruz Roja son unos tipos estupendos.

Y al poco rato dejó los dos platos relimpios.

Aquella noche, Potón durmió mucho mejor; y a la mañana siguiente volvió a encontrarse los platos llenos de comida. Y algo más también: habían limpiado el polvo y aseado el cuarto.

¡Qué raro! Aquel no era un trabajo propio del San Bernardo que, ahora en invierno, debía estar al tanto de la gente que se pierde en la nieve, que desgraciadamente es mucha. Era todo un poco extraño...

Pero el misterio no fue cosa de un día o dos. Mientras tuvo dificultades para moverse, su desconocido bienhechor no faltó a la cita de la comida. Y por mucho que Potón intentó mantenerse despierto para descubrir a tan amable visitante no hubo forma de saber quién era. Con lo dormilón que era nuestro amigo, siempre terminaba por echarse a roncar.

Una buena mañana, cuando Potón ya estaba completamente curado, observó que en el plato, en lugar de comida había una carta. La desdobló. No había letras, solo dibujos. Pero comprendió el mensaje sin ningún problema.

Esta era la carta:

Por si no lo has entendido, Nano quería decir (con sus dibujos, puesto que no sabía escribir) lo siguiente:

1. Potón herido.
2. Nano triste.
3. Nano venda heridas.
4. Nano busca comida.
5. Potón curado.
6. Nano contento.
7. Nano buscará familia de patos con pico rojo.
8. Adiós.

«¡El patito Nano! ¡Ese había sido su protector! Claro, no podía ser otro, pensaba Potón. Es el único con el que me porté un poquito bien...»

Y el gato solitario echó unas lagrimitas en agradecimiento y recuerdo del que fue un buen compañero.

Desde entonces, todas las tardes nuestro amigo daba un paseo hasta la orilla del lago y se sentaba un buen rato en el lugar donde se encontró por primera vez con el patito.

La verdad era que el tiempo en que hizo el papel de «mamá» de Nano había sido el más feliz de su vida.

Y Potón, con los ojos humedecidos, miraba todos los rincones del lago con la esperanza de ver aparecer de nuevo a su pequeño amigo.

3. Peligro en el lago

¡Bravo! ¡Te felicito! Has llegado a la tercera parte de esta historia. No te arrepentirás, porque se aproximan momentos emocionantes y peligrosos, muy peligrosos. Pero como a esta altura del cuento creo que podemos considerarnos amigos, voy a adelantarte un secreto, mas con la condición de que no se lo digas a nadie: las aventuras de Potón y sus amigos acaban bien, a gusto de todos. Como deben terminar los cuentos. Y eso que al final del capítulo anterior dejamos a un Potón triste y solitario. Y a un Nano perdido, puesto que no volvió a aparecer por el lago. En fin, que Potón siguió haciendo su vida de gato vagabundo, aunque ahora, con la falta del amigo, los días se le presentaban largos y aburridos.

Llegó la primavera. Se fue el hielo y aparecieron las flores, por montones, y las cigüeñas, por bandadas.

Una pareja de estas aves se puso a construir un nido en una torre cercana al refugio de Potón.

Como hacían bastante ruido con el ir y venir de ramas y pajitas, nuestro amigo comenzó a ponerse nervioso y decidió salir a decirles que no molestaran. Pero al acercarse a las cigüeñas, se quedó helado al escuchar cómo una le comentaba a la otra:

–Hay que avisar a nuestros familiares y amigos para que tengan cuidado. He visto a un grupo de cazadores, con sus escopetas brillando al sol, caminar hacia el lago. Y estos sólo son los primeros…

«¡Nano puede estar allí; y como no ha tenido una educación de pato, no sabrá el peligro que le acecha!», pensó Potón, y olvidándose de las cigüeñas partió como un rayo hacia la laguna. Pero fue inútil. Por más que preguntó, nadie había visto al pato de pico rojo en las últimas semanas.

Potón volvió a casa muy preocupado. ¿Cómo avisar a su antiguo amigo?

Y según ascendía por los tejados hasta su guarida, se le ocurrió una brillante idea: ¡la televisión! ¡Eso es! ¡Era una idea digna de cualquiera de sus héroes favoritos!

Y ni corto ni perezoso marchó a la emisora local de televisión, se coló por entre las piernas del portero y se presentó en el estudio justo a la hora de las noticias.

El periodista que estaba ante la cámara dejó de hablar cuando observó que un extraño gato se había acomodado en su hombro. Se puso nervioso, miró a un lado y a otro, sonrió estúpidamente a los espectadores, dando tiempo con sus dudas a que Potón lanzara el mensaje siguiente:

–¡Atención a todos los animales! Los cazadores han llegado al pueblo y marchan en dirección al lago. Avisad a toda clase de patos para que se pongan a salvo, sobre todo al pato de pico rojo; nunca ha visto cazadores y no buscará escondite. Por favor, avisadle de parte de su amigo Potón...

Naturalmente, a Potón solo le entendieron los animales. Los humanos únicamente vieron a un gato callejero que aparecía en pantalla lanzando toda una serie de maullidos incomprensibles, hasta que el locutor reaccionó y se lo quitó de encima de un manotazo.

El gato volvió a sortear al portero y regresó a su casa a esperar que el mensaje de auxilio hubiera tenido escucha.

Nuestro amigo no lo sabía, pero su petición había sido atendida. Todos los animales mascotas que estaban viendo la tele al lado de sus amos salieron a ventanas, calles y jardines para dar la voz de alarma. Y hubo alguno que hizo mucho más. Zarina, la gata persa supermimada, comprendió, al ver a Potón en pantalla, que si ocurría alguna desgracia ella tendría la culpa por haber querido castigar al patito del pico rojo. Y, sin decir nada a su adormilado amo, saltó de sus blandos almohadones y marchó en dirección a la cascada. Alguna vez había ido a merendar con él a tan bello lugar, y siempre vio rondar por allí al pato en cuestión.

Zarina hizo la carrera más rápida de su vida. Parecía que volaba, que sus patas no tocaban la tierra.

En la cima de una roca encontró al perro San Bernardo que cuidaba, desde allí, el paso de unas ovejas por el río.

Zarina estaba sin aliento y bebió un poco de agua de su barrilito:

–Por favor, San Bernardo. Tú conoces a Potón. Dile que el pico rojo vive en la cascada y que ya voy para allá. Es que, sabes, han llegado los cazadores...

–Sí, los he visto. Y precisamente van en dirección a la cascada.

El perro fue a cumplir el recado y Zarina continuó su carrera, presa del miedo, por si llegaba tarde.

Te preguntarás, querido lector o lectora, si en verdad el patito Nano habitaba en la cascada o era una falsa visión de Zarina.

Pues sí, el pato vivía junto a la cascada. Después de que Potón lo echara de su lado, y una vez que el gato sanó gracias a sus cuidados, Nano había buscado, inútilmente, a alguna familia de patos de pico rojo. Así que decidió quedarse en la zona de la cascada, pues allí el agua era limpia y los patos, aunque de otras razas y colores, eran amables y simpáticos.

Aquella tarde había salido a merendar algunos gusanillos cuando, de pronto, apareció sobre la cascada la figura de un tremendo gato.

Nano la reconoció enseguida:

–¡Horror! ¡Es Zarina!

Y aterrorizado, nuestro pequeño amigo se puso a volar con todas sus fuerzas.

–¡Vuelve, vuelve! ¡No voy a hacerte daño! ¡Vengo a salvarte de parte de Potón!

Pero el pato no podía escucharle. Volaba por encima de las aguas del lago huyendo de la que creía su peor enemiga.

El doble estampido de una escopeta resonó por todo el valle. Potón, nuestro buen amigo Potón, que corría hacia la cascada seguido a corta distancia por el enorme y peludo San Bernardo, se paró, aterrado, al oír el disparo:

–¡Ha sido allí, tras aquella mata de bambú! –le gritó el perro que tenía el oído muy fino.

–¡Que no sea tarde...!

Y Potón sacudió con fuerza sus patas para seguir la carrera. Y en efecto, al dejar atrás las cañas, vio al cazador. Iba calzado con botas muy altas, tenía un gran sombrero y cargaba con rapidez su escopeta de dos cañones. Levantó el arma y en su punto de mira apareció la silueta del pato de pico rojo. Había fallado los dos tiros anteriores porque aquella ave tenía un vuelo verdaderamente patoso, como si le hubieran enseñado intencionadamente a volar mal para despistar a los cazadores.

Ahora no fallaría el tiro. Su dedo acarició el gatillo y...

Tranquilidad, tranquilidad y tranquilidad. No debes temer por nuestro amigo, porque el cazador no llegó nunca a disparar ese tiro.

Dos grandes gatos, uno por delante y otro por detrás, cayeron sobre el sorprendido cazador, que para huir de sus golpes y zarpazos no tuvo más remedio que arrojarse de cabeza al lago.

¡Adiós caza, escopeta, sombrero y botas! Todo perdido por aquel par de fieras enloquecidas. Pues debían estar locos; porque después de atacarle y tirarle al agua, ahora estaban en la orilla dándose un abrazo. Y cuando esperaba que un perro San Bernardo, que apació por allí y se le acercó nadando, iba a echarle una mano, resulta que va y le propina un golpe en la cabeza con su barrilito.

¡Vaya día de mala suerte!

Para ti, señor cazador, porque, para un pato amigo nuestro, eran los momentos más felices de su vida.

–¡Potón, Potón! ¡Estoy aquí!

Y mientras volaba al encuentro de su amigo, vio unas plantas tronchadas por la metralla; y comprendió que debía la vida al valor de los dos gatos.

Y el vuelo de Nano terminó suavemente en los brazos emocionados de nuestro querido gato.

Anochecía, cuando los ahora inseparables Nano, Zarina, San Bernardo y Potón regresaban al pueblo muy, muy, muy felices…

Bambú Primeros lectores

El camino más corto
Sergio Lairla

El beso de la princesa
Fernando Almena

No, no y no
César Fernández García

Los tres deseos
Ricardo Alcántara

El marqués de la Malaventura
Elisa Ramón

Un hogar para Dog
César Fernández García

Monstruo, ¿vas a comerme?
Purificación Menaya

Pequeño Coco
Montse Ganges

Daniel quiere ser detective
Marta Jarque

Daniel tiene un caso
Marta Jarque

El señor H
Daniel Nesquens

Miedos y manías
Lluís Farré

Potón el gato no quiere pato
Paco Climent

Bambú Enigmas

El tesoro de Barbazul
Àngels Navarro

Las ilusiones del mago
Ricardo Alcántara

La niebla apestosa
Joles Sennell

La tumba misteriosa
Jordi Sierra i Fabra

Bambú V

¡Fuera pesadillas
Elisenda Roca

¡No somos los 3 cerditos!
Elisenda Roca